D1725990

BILAL

ERINNERUNGEN AUS DEM ALL

KURZGESCHICHTEN 1974/1977

chapa
COMIC COLLECTION

EHAPA COMIC COLLECTION
Postfach 10 12 45, 7000 Stuttgart 10
Übersetzung aus dem Französischen: Resel Rebiersch
Chefredaktion: Michael Walz
Verantwortlicher Redakteur: Andreas Boerschel
Lettering: Kordula Botta
Gestaltung: Wolfgang Berger
Originaltitel: «Mémoires d'outre espace»
© HUMANO S.A.
© EHAPA VERLAG GMBH, Stuttgart 1992
Druck und Verarbeitung:
Lesaffre Tournai Belgique
ISBN 3-7704-0885-3

DIE TERRESTRIC GALACTIC FORCES
RUFEN ZU DEN WAFFEN
DER NÄCHSTE!
APTE
734 10W3
735 10W3

KOMM SCHON, FREUNDCHEN, TEMPO!

DIES IST DER VERTRETER DER 800 GRABULBS, HERR GENERAL ICH HABE IHNEN VON EINIGEN IHRER EIGENSCHAFTEN BERICHTET...

IN DER TAT, IN DER TAT... ERINNERE MICH... MACHT JA. NICHT GERADE VIEL HER, IHR SUPERMANN... STIMMEN IHRE ZAHLEN AUCH WIRKLICH?
ABSOLUT, HERR GENERAL!

WIR HABEN ÜBRIGENS NOCH DREI WEITERE GRABULBS GETESTET. DIE ERGEBNISSE SIND DIESELBEN ... WIDERSTANDSFÄHIGKEIT DREIMAL SO HOCH WIE BEIM MENSCHEN, LAUFGESCHWINDIGKEIT ANNÄHERND DIE DES GEPARDEN UND INTELLIGENZ WEIT ÜBER DEM DURCHSCHNITT ...

GANZ ZU SCHWEIGEN VON DER SKALA DER TELEPATHISCHEN FÄHIGKEITEN, ÜBER DIE ALLE GRABULIDEN VERFÜGEN ...

① !

SEHEN SIE SICH DAS GEBISS AN, HERR GENERAL: VOLLKOMMEN REGELMÄSSIG UND GERADE ... BEI DEN GRABULIDEN EIN UNTRÜGLICHES ZEICHEN FÜR EINE AUSGEZEICHNETE GESUNDHEIT ...

① MUND AUF!

GUT, GUT ... SAUBERE ARBEIT, MEIN LIEBER! SCHICKEN SIE MIR ALLE ZU HAUPTMANN FLUSCHMEIER, TRAININGSCAMP 3 DER SPEZIALEINHEITEN ... JETZT GLEICH!

HALT, NOCH WAS – DIE GRABULBS VERSTEHEN DOCH WOHL UNSERE SPRACHE? SIE SOLLEN SCHLIESSLICH UNSERE BEFEHLE AUSFÜHREN.

!?

NA, ÜBERSETZEN SIE, ÜBERSETZEN SIE, ZUM TEUFEL!

②

HEM... JA, ALSO, HERR GENERAL... DIESER GRABULB SAGT, DASS ER UNSERE SPRACHE PERFEKT BEHERRSCHT, DASS ER ABER NICHT GEWILLT IST, MILITÄRISCHE BEFEHLE AUSZUFÜHREN. SEINE RELIGION, DIE KULTURELLE TRADITION, DIE ACHTUNG VOR DEM LEBEN, VOR ALLEM LEBEN, VERBIETEN ES DER GRABULB-RASSE, IRGENDEINE WAFFE ANZURÜHREN ...

UND DESHALB WEIGERT ER SICH, EINE UNIFORM ANZUZIEHEN... UND JEGLICHE MILITÄRISCHE BARBAREI HINZUNEHMEN... ICH WIEDERHOLE NUR SEINE WORTE, HERR GENERAL ...
IST JA INTERESSANT ...

NA SCHÖN, DANN SAGEN SIE DIESEM JUNGEN MANN, DESSEN HAUTFARBE MIR NEBENBEI GESAGT NICHT BESONDERS ZUSAGT, DASS ICH IN EINER WOCHE IN CAMP 3 ÜBERPRÜFEN WERDE, OB ER UND SEINE ARTGENOSSEN NOCH IMMER DIESER MEINUNG SIND. BEI HAUPTMANN FLUSOHMEIER WEISS MAN NIE... UND JETZT BEFREIEN SIE MICH VON DIESEM DUMMSCHWÄTZER!

ES IST WIRKLICH ZWECKLOS, HERR GENERAL ...
EINE WOCHE SPÄTER IN CAMP 3... UNTER DEM OHRENBETÄUBENDEN LÄRM DER STARTENDEN GRZ 12 ...

BEI IHRER UNEMPFINDLICHKEIT GEGEN SCHMERZ IST JEDE ART VON KÖRPERLICHER FOLTER SINNLOS, UND FÜR EINE THERAPIE, DEREN ERFOLG OHNEHIN UNGEWISS WÄRE, BLEIBT KEINE ZEIT...
HM... ICH HAB'S GEAHNT, HAUPTMANN, ICH HAB'S GEAHNT...

ABER SIE, PROFESSOR, WAS WÜRDEN SIE UNTER DEN GEGEBENEN UMSTÄNDEN VON DEM VERSUCH HALTEN, DIE GRABULBS DEM VON MIR VORGESCHLAGENEN EXPERIMENT ZU UNTERZIEHEN?
DAS WÄRE SICHER ANGEBRACHT. ABER SIE WISSEN, WIE SEHR ICH SOLCHE VERFAHREN MISSBILLIGE.

DIESE EDLE RASSE FASZINIERT MICH ÜBER DIE MASSEN, UND DIE BEABSICHTIGTE BEHANDLUNG IST RADIKAL UND UNWIDERRUFLICH, VERGESSEN SIE DAS NICHT...

JETZT PASSEN SIE MAL AUF, MEIN LIEBER, ICH HABE BEFEHL VON GANZ OBEN! ICH BRAUCHE DIESE... DIESE MÄNNER, UM DIE STELLUNGEN DER ARKTURIANER AUF DIESEM PLANETEN ENDGÜLTIG ZU DURCHBRECHEN! DA IST KEIN PLATZ FÜR SENTIMENTALITÄTEN!
4

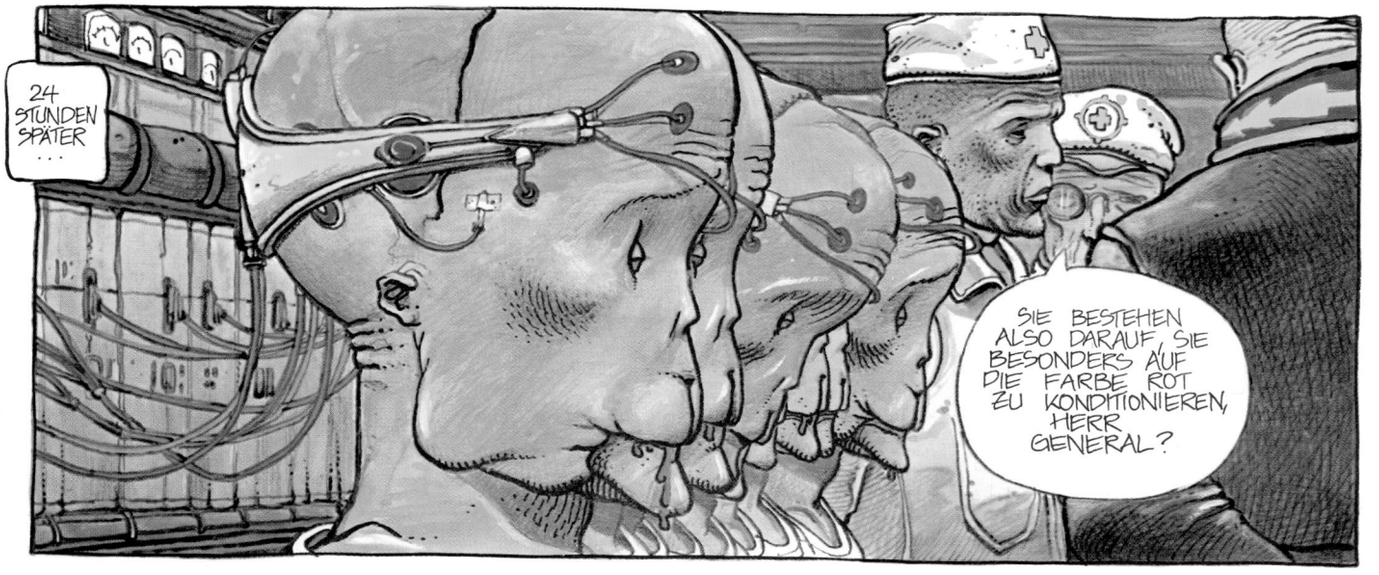
24 STUNDEN SPÄTER ...
SIE BESTEHEN ALSO DARAUF, SIE BESONDERS AUF DIE FARBE ROT ZU KONDITIONIEREN, HERR GENERAL?

ALLERDINGS, PROFESSOR! DIE UNIFORMEN DER ARKTURIANER SIND ROT ... STELLEN SIE SICH VOR, WAS EINE ERFOLGREICHE KONDITIONIERUNG IM FELD BEDEUTET!

UND WAS IHRE GEWISSENSBISSE BETRIFFT, KANN ICH SIE BERUHIGEN: ICH ÜBERNEHME DIE VOLLE VERANTWORTUNG. NEHMEN SIE DAS GANZE ALS HÖHERE GEWALT, UND DENKEN SIE DARAN: ICH WILL SIE IN ZEHN TAGEN EINSATZBEREIT HABEN!

SIE HABEN EXZELLENTE ARBEIT GELEISTET, PROFESSOR. DIE ALLERGIE GEGEN ROT SCHEINT SICHER VERANKERT. ZUDEM HABEN DIESE BARGULBS SICH ALS SCHARFSCHÜTZEN ERWIESEN. DIE ARKTURIANER WERDEN WAS ERLEBEN...
...FALLS SIE NICHT DIE UNIFORMEN GEWECHSELT HABEN, GENERAL...
5

NA ALSO, JUNGER FREUND... DU HAST DEINE EDLEN PRINZIPIEN AUFGEGEBEN, TRÄGST EINE UNIFORM, WAFFEN UND SOGAR EINEN DIENSTGRAD! KRIEG MACHT SÜCHTIG, WENN MAN GEWINNT. WIRST GAR NICHT GENUG DAVON KRIEGEN...

NA DENN – VIEL GLÜCK, BARGLUB!

DIE GRABULBS HABEN IN DEN SCHÜTZENGRABEN POSITION BEZOGEN, HERR GENERAL. SOBALD DIE ARKTURIANER SICH ZEIGEN, GREIFEN WIR AN...

RECHT SO FLUSCHMEIER. HALTEN SIE MICH AUF DEM LAUFENDEN. ICH BLEIBE AUF DIESER FREQUENZ...

FLAP FLAP

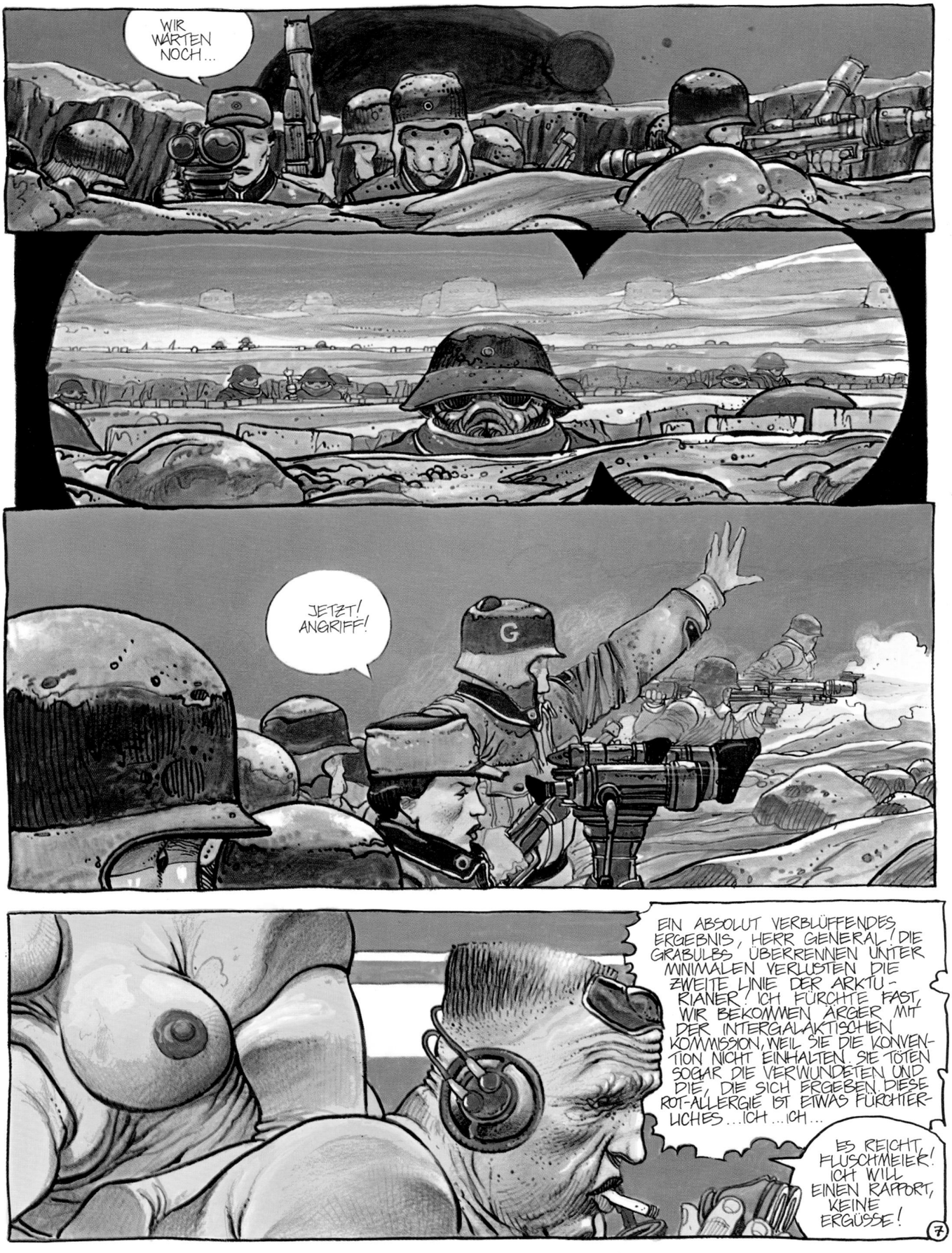
WIR WARTEN NOCH...
JETZT! ANGRIFF!
G
EIN ABSOLUT VERBLÜFFENDES ERGEBNIS, HERR GENERAL! DIE GRABULBS ÜBERRENNEN UNTER MINIMALEN VERLUSTEN DIE ZWEITE LINIE DER ARKTURIANER! ICH FÜRCHTE FAST, WIR BEKOMMEN ÄRGER MIT DER INTERGALAKTISCHEN KOMMISSION, WEIL SIE DIE KONVENTION NICHT EINHALTEN. SIE TÖTEN SOGAR DIE VERWUNDETEN UND DIE, DIE SICH ERGEBEN. DIESE ROT-ALLERGIE IST ETWAS FÜRCHTERLICHES...ICH...ICH...
ES REICHT, FLUSCHMEIER! ICH WILL EINEN RAPPORT, KEINE ERGÜSSE!
7

EINIGE ZEIT SPÄTER, ALS DER ARKTURIANISCHE KRIEG BEENDET IST (MIT KLAREM TERRESTRISCHEN SIEG), FEIERT MAN DEN TRIUMPH IN DEN EROBERTEN GEBIETEN IN VOLLEM ORNAT...

IHRE GROSSEN STRATEGISCHEN FÄHIGKEITEN, HERR GENERAL, WERDEN NOCH ÜBERTROFFEN VON IHREM UNVERGLEICHLICHEN SPÜRSINN FÜR TALENTE. ICH HABE VIEL VON IHREN GRABULBS GEHÖRT...

BLAGURBS, HERR ORDENSPRÄSIDENT, BLAGURBS! KLASSE DER GRUBALBIDEN, GENAUER GESAGT... ICH WERDE SIE IHNEN VOR BEGINN DER PARADE VORSTELLEN.

SEIEN SIE SICH DESSEN BEWUSST, SOLDAT GLUBARB, DASS DIE GANZE MANNSCHAFT STOLZ IST AUF IHRE LEISTUNGEN VOR ALLEM WIR FRANZOSEN, DA NUN DIE GESAMT GALAXIE WEISS, AUS WELCHEM HOLZ WIR GESCHNITZT SIND. MÖGE DER RASSE DER GARBULB-KRIEGER, DIE DIE IHR NUN SEID- EIN LANGES LEBEN BESCHIEDEN SEIN. EIN LANGES LEBEN AUCH IHNEN, MEIN LIEBER...

HIER ENTLANG, HERR ORDENSPRÄSIDENT... WIR HABEN EINE PRÄCHTIGE PARADE FÜR DIE SIEGESFEIER VORGESEHEN... ÜBERZEUGEN SIE SICH SELBST VON...

TACKATACKATACKA

ENDE

BILAL ©

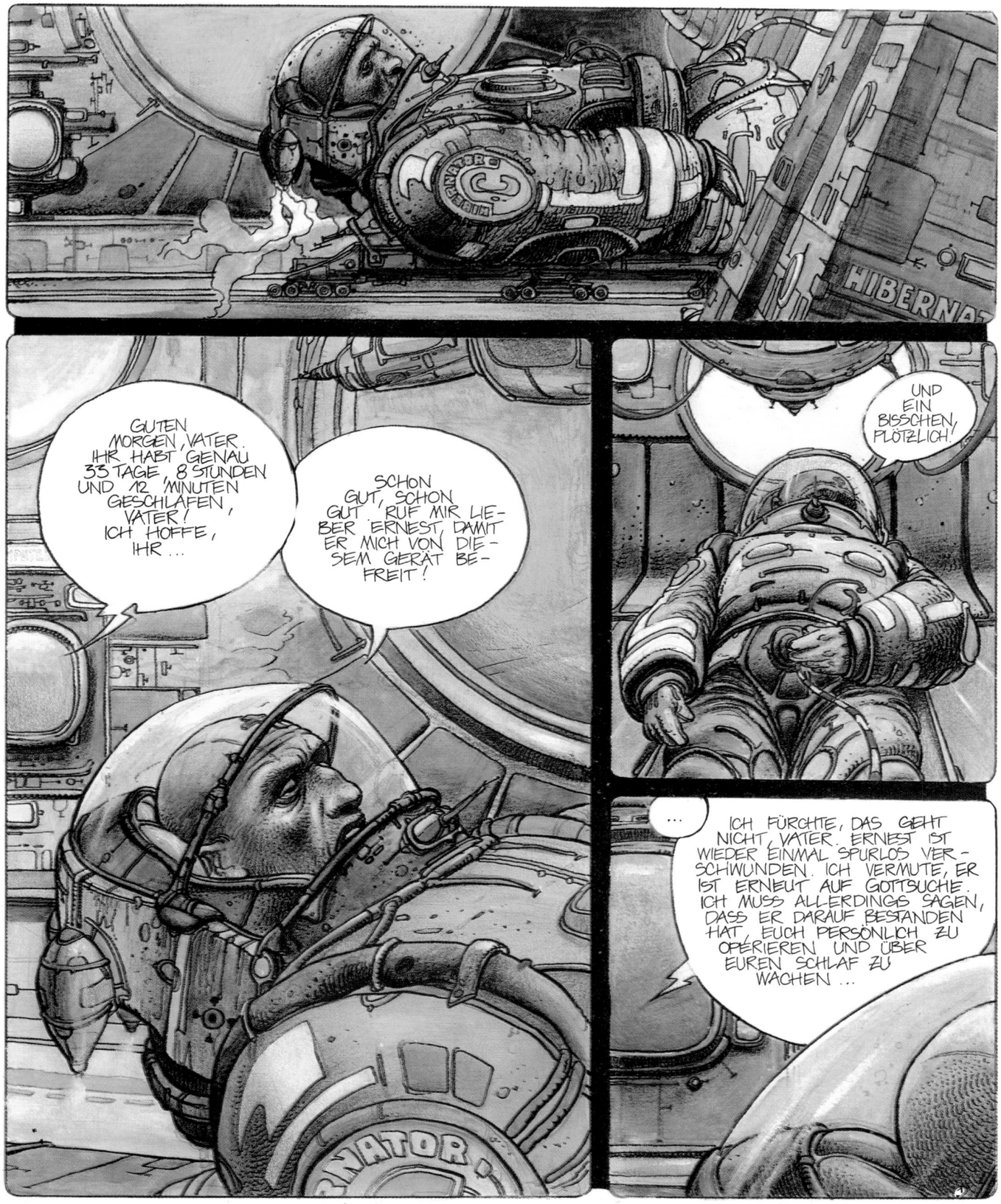
HIBERNATOR
GUTEN MORGEN, VATER. IHR HABT GENAU 33 TAGE, 8 STUNDEN UND 12 MINUTEN GESCHLAFEN, VATER! ICH HOFFE, IHR ...
SCHON GUT, SCHON GUT. RUF MIR LIEBER ERNEST, DAMIT ER MICH VON DIESEM GERÄT BEFREIT!
UND EIN BISSCHEN, PLÖTZLICH!
...
ICH FÜRCHTE, DAS GEHT NICHT, VATER. ERNEST IST WIEDER EINMAL SPURLOS VERSCHWUNDEN. ICH VERMUTE, ER IST ERNEUT AUF GOTTSUCHE. ICH MUSS ALLERDINGS SAGEN, DASS ER DARAUF BESTANDEN HAT, EUCH PERSÖNLICH ZU OPERIEREN UND ÜBER EUREN SCHLAF ZU WACHEN ...

DER IST DOCH KOMPLETT EINGEFROREN, DIESER ERNEST, VEREIST UND GEMEINGEFÄHRLICH! WERDE IHN NACH TERRA ZURÜCKSCHICKEN MÜSSEN. ER HAT NOCH GARANTIE...
SCHICK MIR BITTE EINE ABREISE-BARKE, JA?

MEIN GOTT! HAT DER MICH ETWA SO ZUGE-RICHTET?
ICH FÜRCHTE JA, VATER... ER HAT SICH GANZ ALLEIN UM EUCH GEKÜMMERT ...

ICH MEINE, MAN SOLLTE IHN ABSCHAL-TEN. SIEHT AUS, ALS HÄTTE ER SCHWERE PSYCHISCHE PROBLE-ME, ...
...DIESER MIST-KERL. DABEI HABE ICH IHM SEINEN GLAUBEN, SEINE SEELE GEGEBEN ...
DAS SOLL ER BÜSSEN!
WO BLEIBT DENN DIE BARKE, HE?

DIESER MIST-KERL

INTERDIT AUX MORTELS
IMMORTALS ONLY

ERNEST! HÖR AUF MIT DEM BLÖDSINN, UND KOMM NACH HAUSE!
ODER ICH SCHALTE DICH AB!
LECK MICH AM ARSCH!

AMPLI-TUNER

RNEST
HAHA HA HAHAHA
SCHEISSE !
AAAAAAAAA
ENDE
Sival

IN DEN LETZTEN JAHRZEHNTEN HATTEN SICH DIE BEZIEHUNGEN ZWISCHEN TERRANERN UND GLOOBS BESORGNISERREGEND VERSCHLECHTERT. DIE BEIDEN ERSTEN TERRANISCHEN ABORDNUNGEN DES IFC (INTERGALAKTISCHES FRIEDENSCORPS), DIE MAN ZUM PLANETEN GLOOB ENTSANDT HATTE, WAREN AUF UNERKLÄRLICHE WEISE VERSCHWUNDEN. DIE GLOOBS SCHIENEN DABEI ÜBER JEDEN VERDACHT ERHABEN, DENN ÜBER DIE ALLBEKANNTE GUTARTIGKEIT IHRER RASSE HINAUS HATTEN SIE DEN WILLEN ZUR AUSSÖHNUNG BEWIESEN, INDEM SIE EINE DRITTE, ULTIMATIVE VERHANDLUNG VORSCHLÜGEN (DAHER DER TITEL DIESER GESCHICHTE).
DIE TERRANER HATTEN IM BEWUSSTSEIN DER BEDEUTUNG DIESER ANGELEGENHEIT BESCHLOSSEN, ZWEI DER WICHTIGSTEN OBERBEFEHLSHABER IHRER RAUMTRUPPEN ZU DEM ENTFERNTEN PLANETEN GLOOB ZU SCHICKEN. EIN HOHER WÜRDENTRÄGER DER TERRESTRISCHEN POLITIK BEGLEITETE SIE ...

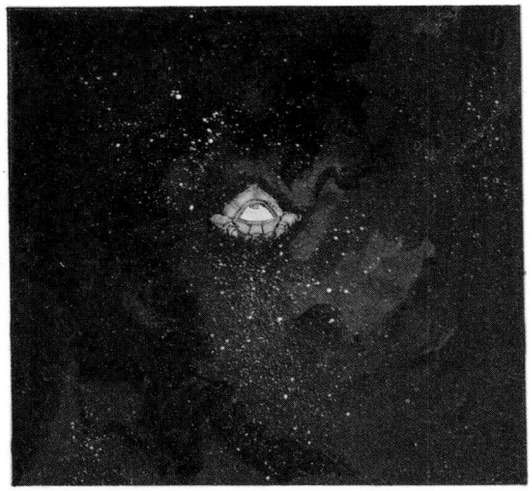

DAS RAUMSCHIFF, DAS EXTRA FÜR DIESEN ANLASS AUF DEN NAMEN „FRIEDENSTAUBE" GETAUFT WORDEN WAR, BEGAB SICH AUF DIE MEHRMONATIGE REISE...

OBZWAR NACHHALTIG VERSTIMMT ÜBER DAS SCHEITERN DER BISHERIGEN VERHANDLUNGEN, WOLLTEN DIE GLOOBS NUNMEHR ERFOLG SEHEN, DOCH IHRE SPRICHWÖRTLICHE GEDULD HATTE GRENZEN. ALS DIE „FRIEDENSTAUBE" AN IHREM LEUCHTENDEN HIMMEL AUFTAUCHTE, WAREN SIE DAHER ERREGTER ALS SONST...

AN DIESER STELLE SOLLTE ERWÄHNT WERDEN, DASS DIE GLOOB-RASSE EINE DER ERSTAUNLICHSTEN DER GESAMTEN GALAXIE IST...
DIESE KLEINEN BLAUEN WESEN WERDEN IM DURCHSCHNITT KAUM GRÖSSER ALS 50 CM, UND IHR KOPF IST VÖLLIG UNABHÄNGIG VOM KÖRPER... DAHER KÖNNEN SIE IHN JE NACH BEDARF UNTER DEN ARM NEHMEN ODER IHN - IM KRIEGSFALL ETWA - AUF EXTRA DAFÜR VORGESEHENEN SICHERHEITSBÄNKEN ABLEGEN.
EBENSO BEMERKENSWERT IST DIE TATSACHE, DASS EIN WOHLGEHÜTETER UND GEPFLEGTER KOPF QUASI UNSTERBLICH IST... MILLIONEN VON KÖPFEN LAGERN IN GEDÄCHTNISBÄNKEN - EIN GIGANTISCHER LEBENDER COMPUTER...

WILLKOMMEN AUF UNSEREM PLANETEN, TERRANER! MEIN NAME IST OOL. ICH WERDE UNNACHGIEBIG, ABER FAIR VERHANDELN ...
SEHR ERFREUT. ICH HEISSE GROSSFINGER ... HAUPTMANN FLETH, HAUPTMANN DATSCHENKO. WIR SIND ENTSPANNT UND VOLLLER VERTRAUEN.

KOMMEN SIE MIT, BITTE.

HM ... TJA, ALSO ...
BITTE NACH IHNEN ...

OOOH, WO HABE ICH NUR MEINEN KOPF!? ICH VERGESSE IMMER WIEDER, DASS IHR TERRANER VIEL ZU GROSS FÜR UNSERE TÜREN SEID! ABER ICH WERDE SOFORT ABHILFE SCHAFFEN. FLOO, KÜMMERE DICH UM DIE HERREN!
3

PAH! „ENSPANNT UND VOLLER VERTRAUEN"! DIESER GROSSFINGER STINKT VOR TERRANER-ARROGANZ, GENAU WIE SEINE VORGÄNGER. ICH HOFFE BLOSS, DASS ER GESPRÄCHIGER IST ALS DIE ANDEREN...
BRING MICH AN MEINEN PLATZ, KÖRPER!
DANKE, KÖRPER. KANNST FUTTERN GEHEN.
AHA, SIE KOMMEN...
ALLES ERLEDIGT, MEISTER!
DANKE, FLOO... LASS UNS JETZT ALLEIN!
MEINE LIEBEN FREUNDE VON TERRA, ICH WÜNSCHE IHREN KÖRPERN GUTEN APPETIT. ICH GEBE IHNEN DAS WORT UND DIE EHRE, DAS GESPRÄCH ZU ERÖFFNEN. WELCHE VORSCHLÄGE HABEN SIE UNS ZU MACHEN?
DER KRIEG, DER AUF DIESEN NEUERLICHEN FEHLSCHLAG HIN AUSBRACH, WAR UNERBITTLICH. EINEN ÜBERRAGENDEN KOPF WIE OOL HÄLT MAN EBEN NICHT UNGESTRAFT ZUM NARREN.
STIAL
4

KOMMANDANT FULL-SARMA 2 DER GALAKTISCHEN ABWEHRTRUPPE VON TERRA FÜHLTE SICH HINTER DEN ARMATUREN SEINES SCHLACHTSCHIFFS SEHR WOHL. EIN KNAPPES VIERTELLICHTJAHR TRENNTE IHN VOM HAUPTQUARTIER AUF ALPHA CENTAURI. DER KRIEG GEGEN DIE GLOOBS NEIGTE SICH DEM ENDE ZU, UND IN DEM IHM ZUSTEHENDEN URLAUB FÜR HOCHLEISTUNGEN IM FRONTEINSATZ WÜRDE ER SICH SEINEN SCHÖNSTEN TRAUM ERFÜLLEN: ENDLICH UND ERSTMALIG DIE ERDE ZU BETRETEN.

VON ALPHA CENTAURI AUS WÜRDE ER DIE SONDERFÄHRE NEHMEN UND VIER LICHTJAHRE SPÄTER DEN FUSS AUF „SEINEN" PLANETEN SETZEN – DENN FULL-SARMA 2 ZÄHLTE ZU DEN PAAR MILLIONEN MENSCHLICHEN WESEN, DIE ZUFÄLLIG IN IRGENDEINER KONSTELLATION GEBOREN WAREN UND DIE DER „MYTHOS ERDE" GEFANGENHIELT...

DOCH DIE TÜCKEN DES RAUMS SIND UNVORHERSEHBAR UND UNERBITTLICH...

SCHEISSE!! EIN METEORITEN-SCHWARM!

BROOM

MIT WUT IM BAUCH UND FLÜCHEN GEGEN DIE RAUMGÖTTER AUF DEN LIPPEN (DIE CHANCE EINES ZUSAMMENSTOSSES MIT METEORITEN STAND ETWA 1 ZU EINER MILLIARDE) GAB FULL-SARMA 2 DAS VORGESCHRIEBENE NOTSIGNAL.

HIER KOMMANDANT FULL-SARMA 2, NO: 2304 LISTE G. INFOLGE ZUSAMMENSTOSS MIT METEORITEN ENERGIESCHWUND AN MOTOR EEV 1. VERSUCHE NOTLANDUNG AUF EINEM PLANETEN TYP D ...KOORDINATEN OZ 333 VTO 322 ... ENDE ...

SCHEISS-METEORITEN! MIT MEINER REST-ENERGIE KOMME ICH NIE AUS DIESEM LOCH RAUS!

DIE ERSTEN DATENMENGEN DES BORDCOMPUTERS BESÄNFTIGTEN FULL-SARMAS ZORN EIN WENIG. DIE ATMOSPHÄRE BESTAND AUS ATEMLUFT, WENNGLEICH STICKIGER, DIE AUSSENTEMPERATUR WAR VERGLEICHSWEISE HOCH (66°), ABER SIE WÜRDE NACHTS FALLEN. EINE WEITERE INFORMATION BERUHIGTE IHN VOLLENDS: DER COMPUTER MELDETE SPUREN VON YEZIUM, EINEM MINERAL, DAS SICH LEICHT IN VERWERTBARE ENERGIE UMWANDELN LIESS ...

DOCH MEHRERE MILLIONEN KILOMETER WEITER ...

...DOCH ICH RATE ZU HÖCHSTER VORSICHT ... IHR PLANET BIRGT UNBEKANNTE GEFAHREN. DIE TRUPPEN VON TERRA HABEN AUF SEINE ERKUNDUNG VERZICHTET, NACHDEM DREI EINHEITEN NICHT ZURÜCKGEKEHRT WAREN. AN DER LETZTEN WAR FULL-SARMA 1, IHR VATER, BETEILIGT. DAS WAR VOR ZWANZIG JAHREN. ICH WÜNSCHE IHNEN VON HERZEN GLÜCK, FULL-SARMA 2. HABE IHR VERSCHWINDEN EINGEGEBEN ... ENDE!

ALS FULL-SARMA 2 DIESE BOTSCHAFT EMPFING, WAR DIE NACHT SCHON HEREINGEBROCHEN, UND ER MACHTE ER SICH BEREIT ZUM AUSSTIEG.

DER PLANET WAR ZWAR UNWIRTLICH, SCHIEN ABER WEDER FEINDSELIG NOCH TÜCKISCH ZU SEIN WIE MANCHER ANDERE, DEN ER IN SEINER LANGEN LAUFBAHN ALS FERNSPÄHER BETRETEN HATTE. DOCH ZUR-LOEWES WARNUNG BESCHÄFTIGTE IHN SEHR, EBENSO WIE DAS SCHICKSAL DER FRÜHEREN EXPEDITIONEN UND DAS SEINES VATERS. ELTERLICHE BINDUNGEN SPIELTEN FÜR DIE RAUMFAHRER KEINE GROSSE ROLLE, ABER DASS ER GENAUSO WIE SEIN VATER ENDEN SOLLTE, MACHTE FULL-SARMA 2 ZIEMLICH ZU SCHAFFEN. DER ZUFALL WAR ZUMINDEST UNGEWÖHNLICH...

DANN NACH EINEM LANGEN MARSCH...
BEI OPHIUCHUS -YEZIUM!!! GANZE BALLEN VON YEZIUM!!!

GERETTET!!! ICH BIN GERETTET...

HAHAHA! DIESER PLANET IST EINE SCHATZ-KAMMER!... MIT EINEM ZEHNTEL DIESER ENERGIE KANN ICH DAS GANZE UNIVERSUM UMRUNDEN!
TCHAAC

HEHEHE! DAS IST EIN KLEINES VERMÖGEN WERT! DAFÜR KRIEGE ICH BESTIMMT EINEN ORDEN! UND DER PLANET WIRD NACH MIR BENANNT. ICH WERDE...
BDOM
?
BDOM

NANU - EIN ERDBEBEN? ABER DAS GERÄUSCH IST AN DER OBERFLÄCHE...
BDOM
BDOM
5

BDOM
BOM
ES WIRD LÄUTER UND KOMMT NÄHER. ICH MACHE MICH BESSER DAVON...
SCHEISS-SPIEL!
BDOM BDOM
HE... DAS GIBT'S DOCH NICHT! WIE-SO IST MEIN SCHIFF WEG?
?!
HEY!
BDOM BDOM
6

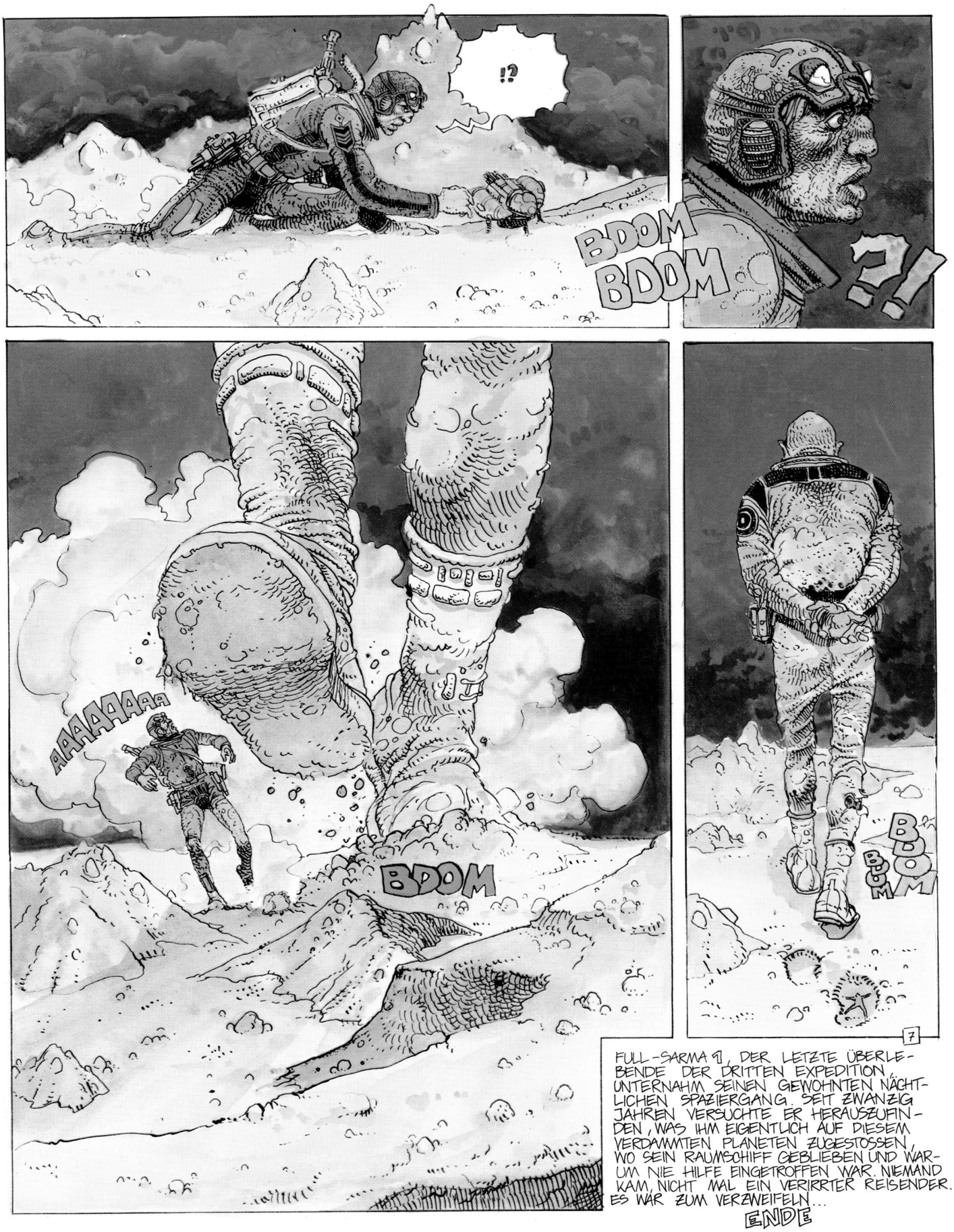

FULL-SARMA 1, DER LETZTE ÜBERLEBENDE DER DRITTEN EXPEDITION, UNTERNAHM SEINEN GEWOHNTEN NÄCHTLICHEN SPAZIERGANG. SEIT ZWANZIG JAHREN VERSUCHTE ER HERAUSZUFINDEN, WAS IHM EIGENTLICH AUF DIESEM VERDAMMTEN PLANETEN ZUGESTOSSEN, WO SEIN RAUMSCHIFF GEBLIEBEN UND WARUM NIE HILFE EINGETROFFEN WAR. NIEMAND KAM, NICHT MAL EIN VERIRRTER REISENDER. ES WAR ZUM VERZWEIFELN...

ENDE

HA HA HA HA HA HA HA HA HA

AUF DIESEM UNERFORSCHTEN PLANETEN DRITTER KATEGORIE IM ARKTURUS-SYSTEM ERKLANG DAS IRRE LACHEN VON ORLAON, DEM VERRÜCKTEN BLUTTRINKER, ZUM ERSTENMAL...

HA HA HA HA HA

HA, DAS GIBT'S DOCH NICHT!!

CAUTION

MEINEM BLASENRADAR ZUFOLGE KEIN SCHWANZ IM UMKREIS VON TAUSEND KILOMETERN!!! SOGAR UNERFORSCHTE PLANETEN KRIEGEN SCHISS, WENN ICH KOMME! HI HI HI HI...

SCHADE, SCHADE! HÄTTE ZU GERN MAL ARKTURISCHES BLUT FLIESSEN SEHEN... 'NE ANDERE FARBE UND EIN ANDERER GESCHMACK, WÄR DOCH INTERESSANT!

ABER SAGT, WAS IHR WOLLT - MENSCHLICHES BLUT ÜBERTRIFFT JEDES ANDERE IN DIESER GALAXIE... DAS IST GUT UND GESUND...

ACH, SCHEISSE WAS. SAUF ICH EBEN, WAS ICH KRIEGE ...

HEHEHE! AUSSERDEM BIN ICH HIER, UM DAS GRÖSSTE LAGER DES GESAMTEN UNIVERSUMS AN LILA GOLD ZU PLÜNDERN! DAS GOLD GEHÖRT MIR! HAHAHA!
NEIN MIR!

?!

WAS ?!
ICH WARNE DICH, DU ALTER SACK! WENN DU NICHT AUFHÖRST, MICH NACHZUMACHEN, REISS ICH DIR DEN WANST AUF!

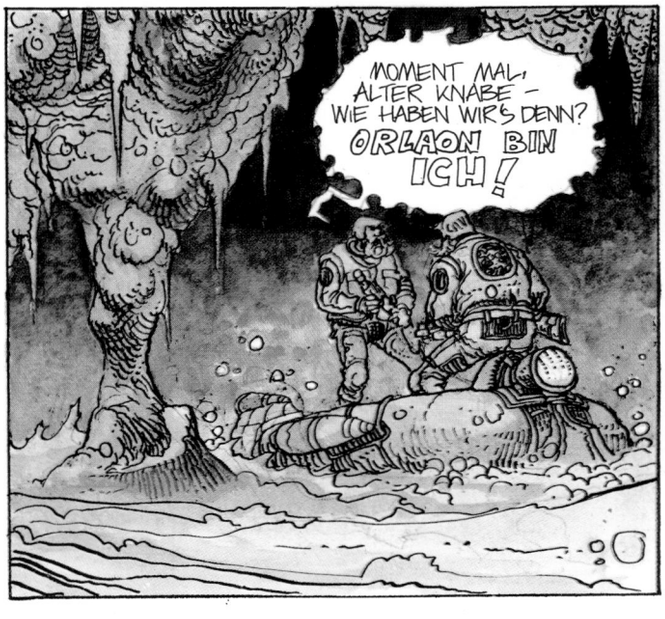
MOMENT MAL, ALTER KNABE – WIE HABEN WIR'S DENN? ORLAON BIN ICH!

NEIN ICH!
?

HE, IHR DA - WAS SOLL DER QUATSCH? ORLAON BIN ICH!

UND KEIN ANDERER!

RUNTER VON MEINEM SCHIFF, ODER ICH HAU EUCH DEN SCHÄDEL EIN!

HALT DIE KLAPPE, ODER ES SETZT WAS!

EUCH WERD ICH ZEIGEN, WAS HIER GESPIELT WIRD, IHR BETRÜGER!

SELBER BETRÜGER!

SCHWEINE HUND!

SAU-HAUFEN!

VERRECKE!

TAC TAC TAC TAC TAC TAC TAC

VERRECKT!

HA HA HA HA HA HA BLUT! BLUT!

DU AAS! AAARGH!

GOTTVERDAMMTES GESINDEL! FRECHHEIT, SICH FÜR MICH AUSZUGEBEN! DAS HABT IHR DAVON!

IST DOCH NICHT ZU GLAUBEN!

ORLAON BIN EINZIG UND ALLEIN ICH!

NEIN, ICH!

DIE STREITIGKEITEN AUF DIESEM SELTSAMEN ARKTURISCHEN PLANETEN NAHMEN KEIN ENDE. DER SAGE NACH SOLL ORLAON, DER VERRÜCKTE BLUTTRINKER, SICH FAST 300 MAL UMGEBRACHT HABEN, BIS ER EINEM FEIGEN ANSCHLAG SEINER SELBST ERLAG, DER SELBST WIEDERUM .....

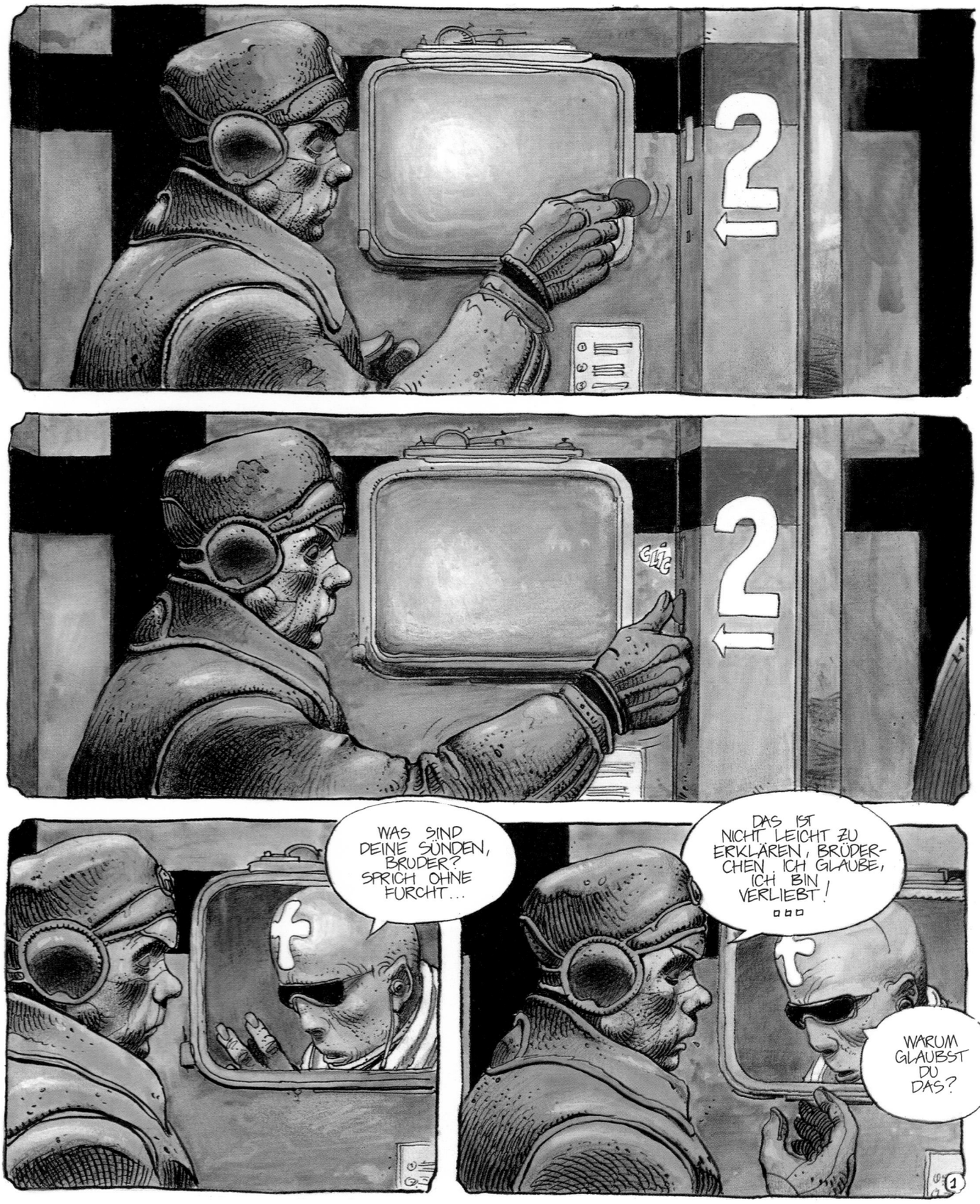
2
2
GLIZ
WAS SIND DEINE SÜNDEN, BRUDER? SPRICH OHNE FURCHT...
DAS IST NICHT LEICHT ZU ERKLÄREN, BRÜDERCHEN. ICH GLAUBE, ICH BIN VERLIEBT!
WARUM GLAUBST DU DAS?

TEXT: PIERRE DE LA VARECH - ZEICHNUNG: BIAL

2

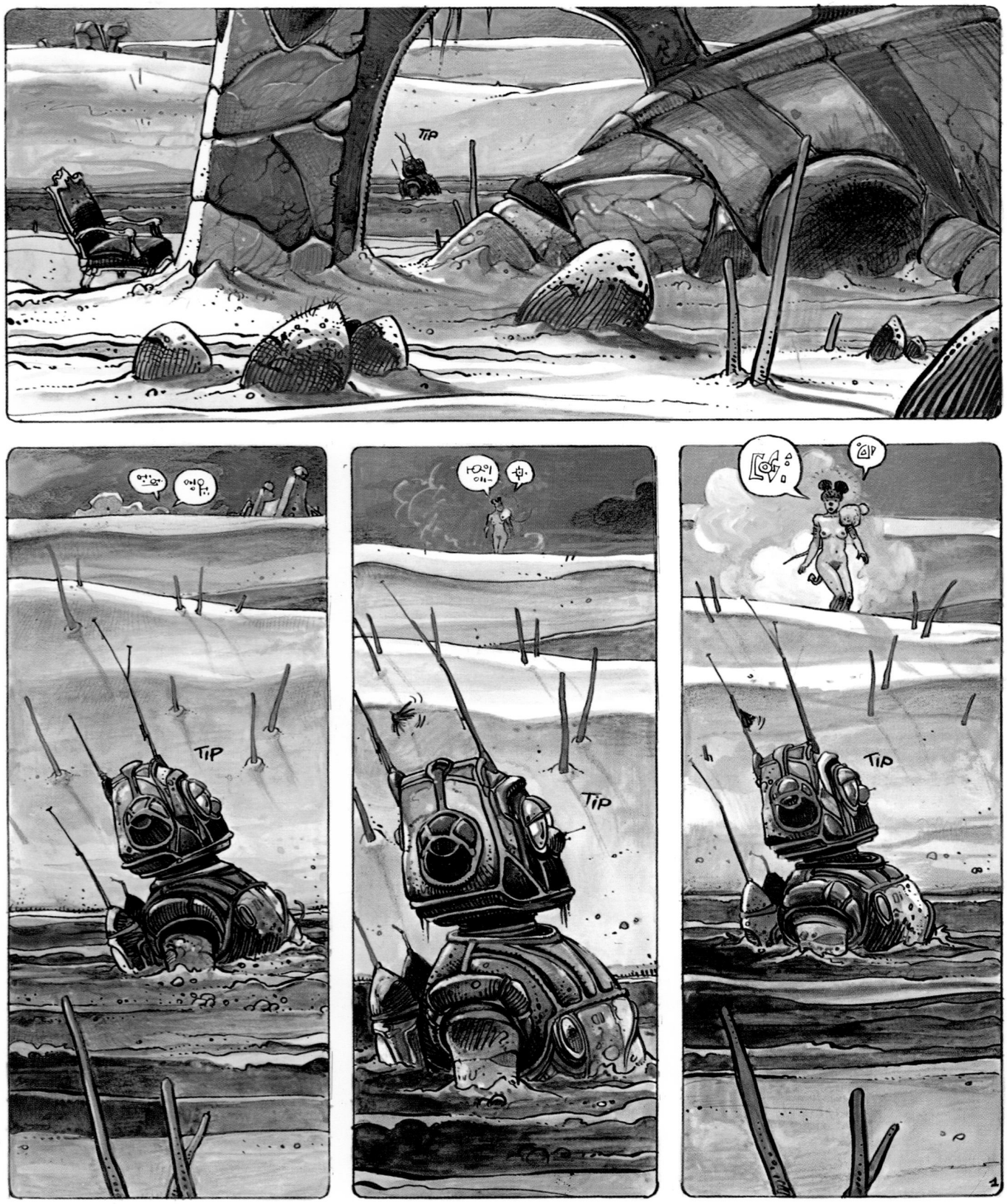
TIP
TIP
TIP
TIP

?
?

PLiiiOURRRT

TIP..

WAS DU SAGEN? ER VERSCHWUNDEN?

EINDEUTIG... HAB NASE VOLL GESTRICHEN VON SCHEISS-ROBOTERN...

ZD1

MIST! IST SICH KATA-STROFF! DU HAST NASE VOLL, ABER WIR GANZ SCHLIMM DRAN! OHNE ROBOT-MA-SCHINE WIR MÜSSEN STERBEN!

WEISS ICH, WEISS ICH, ABER VIELLEICHT ICH KANN LEITEN EUCH. WAS DU SAGST HM? SAG!

UNMÖGLICH DAS, DU IDIOT HEILLOSER! ER AL-LEIN KANN LANDEN SCHIFF UNSER. ER PROGRAMMIERT WISSENSCHAFTLICH IST DAFÜR.

MIR LEID TUT, WIRKLICH... VIELLEICHT WIR SUCHEN NEU, RAZZIA NEUE?

DANN BEEILUNG ABER! WENN NICHT IN STUNDEN ZWEI AN NETZ UNSERES AN-GESCHLOSSEN, ALLES ENDGÜLTIG ZU SPÄT, UND WIR AUFKNALLEN AUF BLOD-PLANET MIT MENSCHENLE-BEN UND KOLONIEFRAUEN KOSTBAREN. GOTT MÖGEN SCHÜTZEN UNS...

ICH LAUFEN, ICH FLIEGEN, ICH RETTEN EUCH.

ICH IHN SEHEN DA HINTEN. ABER ER NICHT ALLEIN! KOMISCH DAS... ER MIT FRAU? UNERWARTET, AUSSERGEWÖHNLICH DAS ...

TIP!
OKAY IST! ER ANGESCHLOSSEN AN SCHIFF EURES... ER BEGINNEN LANDUNGSPROGRAMM... ICH EUCH ERWARTEN MIT UNGEDULD, HEHE ...
VERSTANDEN! ABER ACHTUNG, SCHNARCHER: KEINE TOUREN KRUMME KLAR?

ICH BITTEN FRÄULEIN BLAUES UM SEKUNDEN EIN PAAR. ICH UNWÜRDIG, PERSON SO NETTE ZU EMPFANGEN IN ANZUG DIESEM ...

TIP?

MICH VORSTELLE: THEODULOS SCHNARCHER, ASTROGENETIK-GYNÄKOLOGE. ICH SIE BITTE, SALON BESCHEIDENEN MEINEN ZU BEEHREN ...
?
TIIIP
4

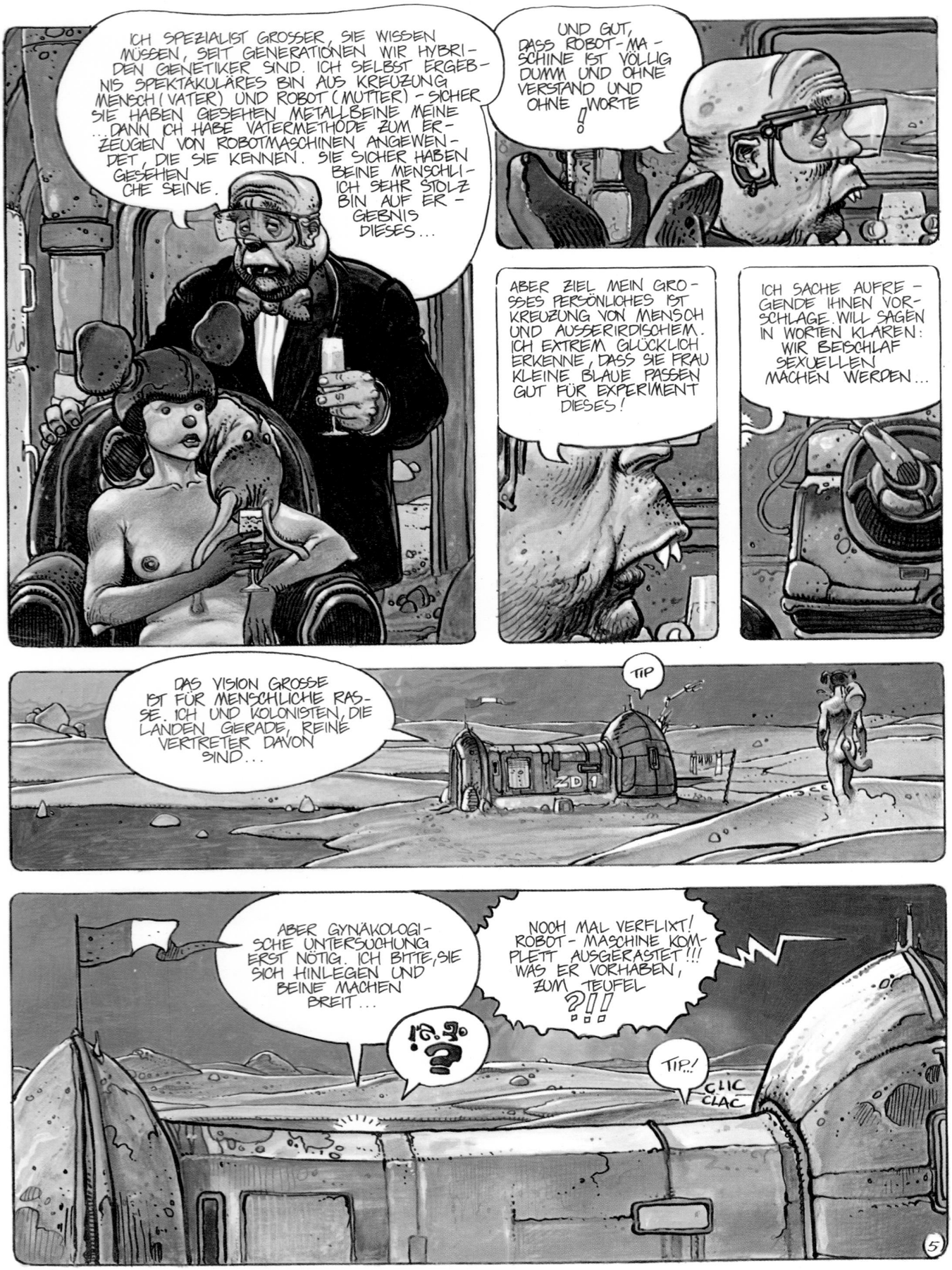
ICH SPEZIALIST GROSSER, SIE WISSEN MÜSSEN, SEIT GENERATIONEN WIR HYBRIDEN GENETIKER SIND. ICH SELBST ERGEBNIS SPEKTAKULÄRES BIN AUS KREUZUNG MENSCH (VATER) UND ROBOT (MUTTER) - SICHER SIE HABEN GESEHEN METALLBEINE MEINE ... DANN ICH HABE VATERMETHODE ZUM ERZEUGEN VON ROBOTMASCHINEN ANGEWENDET, DIE SIE KENNEN. SIE SICHER HABEN GESEHEN BEINE MENSCHLICHE SEINE. ICH SEHR STOLZ BIN AUF ERGEBNIS DIESES...
UND GUT, DASS ROBOT-MASCHINE IST VÖLLIG DUMM UND OHNE VERSTAND UND OHNE WORTE !
ABER ZIEL MEIN GROSSES PERSÖNLICHES IST KREUZUNG VON MENSCH UND AUSSERIRDISCHEM. ICH EXTREM GLÜCKLICH ERKENNE, DASS SIE FRAU KLEINE BLAUE PASSEN GUT FÜR EXPERIMENT DIESES!
ICH SACHE AUFREGENDE IHNEN VORSCHLAGE. WILL SAGEN IN WORTEN KLAREN: WIR BEISCHLAF SEXUELLEN MACHEN WERDEN...
DAS VISION GROSSE IST FÜR MENSCHLICHE RASSE. ICH UND KOLONISTEN, DIE LANDEN GERADE, REINE VERTRETER DAVON SIND...
TIP
ZD1
ABER GYNÄKOLOGISCHE UNTERSUCHUNG ERST NÖTIG. ICH BITTE, SIE SICH HINLEGEN UND BEINE MACHEN BREIT...
?
NOCH MAL VERFLIXT! ROBOT-MASCHINE KOMPLETT AUSGERASTET!!! WAS ER VORHABEN, ZUM TEUFEL ?!!
TIP!
CLIC CLAC
5

PAN PAN PAN
ER UMBRINGT UNS ALLE !!!

TIP.
AAAAAAAA
!?

AAAAAAAAAAAHHH

BRRUM

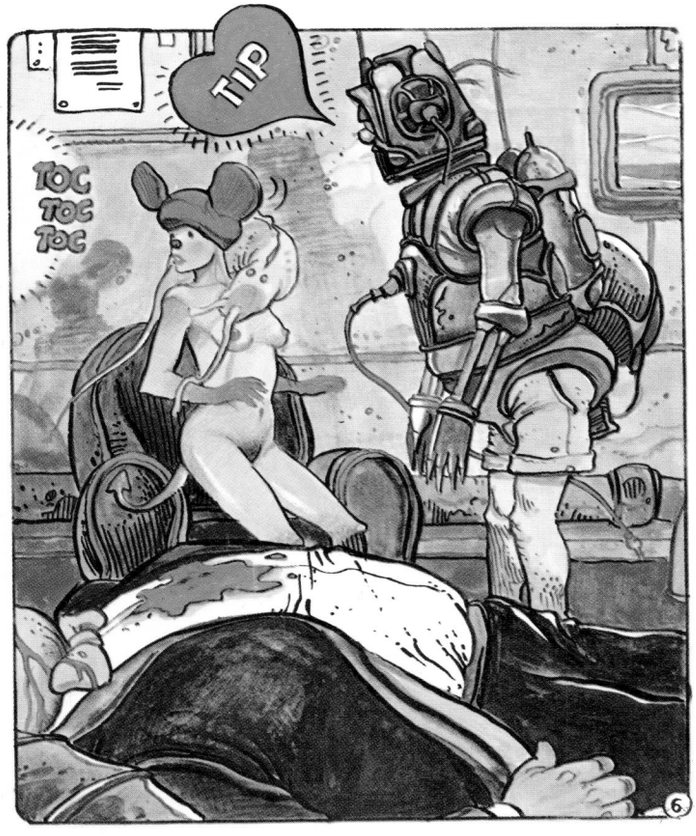
TIP
TOC TOC TOC
6

ANMERKUNG DES AUTORS: HIER ENDET DIESE DRAMATISCHE GESCHICHTE MIT DEM ZUTREFFENDEN TITEL „KOLONIALDRAMA", NICHT OHNE GEWISSE PROBLEME UNSERER GESELLSCHAFT ANGESCHNITTEN ZU HABEN: KOLONIALISIERUNG, KOMMUNIKATIONSVERLUST, SPRACHE, FAMILIE, LIEBE, FORTPFLANZUNG, VERHÜTUNG, SELBSTMORD, KÜNSTLICHE INTELLIGENZ USW.

ES GESCHAH VOR NICHT ALLZU LANGER ZEIT IN EINEM VORORT VON PARIS...

WIR SIND GLEICH DA, HERR ORDENSPRÄSIDENT! DER ORDENSCHEF DER SICHERHEIT WIRD BEREITS ZUR STELLE SEIN...

UND HOFFENTLICH MIT EINER RATIONALEN ERKLÄRUNG FÜR UNSER PROBLEM...

WIE GEHT'S IHRER FRAU, FIRMIN, NACH DER NIEDERKUNFT?

DANKE, HERR ORDENSPRÄSIDENT, SEHR GUT, HERR ORDENSPRÄSIDENT... WIR SIND DA, HERR ORDENSPRÄSIDENT...

AH, DA SIND SIE JA, MEIN LIEBER ORDENSPRÄSIDENT!

NUN, WIE STEHT'S MIT UNSERER ANGELEGENHEIT?

ES IST UNVORSTELLBAR, HERR ORDENSPRÄSIDENT! ICH MÖCHTE SOGAR MEINEN, ES ÜBERSTEIGT JEGLICHES FASSUNGSVERMÖGEN! DIE GESAMTE BEVÖLKERUNG VON GENNEVILLIERS IST VERSCHWUNDEN!

EINFACH WEG?

GENAU DAS...

IHNEN IST DOCH KLAR, PRINZ, DASS DAS, WAS SIE MIR DA ERZÄHLEN, ABSOLUT GROTESK IST...
ALLERDINGS, HERR ORDENSPRÄSIDENT. ABER DIE TATSACHEN SPRECHEN FÜR SICH... MEINE LEUTE HABEN ALLES AUF DEN KOPF GESTELLT: KEIN KATZENSCHWANZ MEHR ZU SEHEN!

KEIN KATZENSCHWANZ, ABER DAFÜR SCHWEBT DIESES WESEN HERUM UND MACHT „PLITCH", WENN MAN ES BERÜHRT...
PLITCH ?
JA: PLITCH!

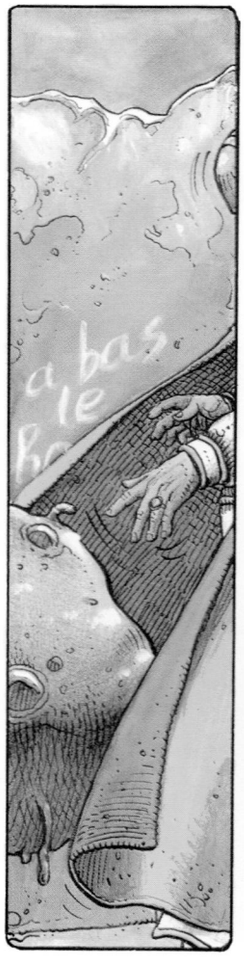

!?
PLITCH

IN DER TAT...

WIE DEM AUCH SEI, PLITCH HIN ODER HER, WAS HAT DAS MIT DIESEM... KOLLEKTIVEN VERSCHWINDEN ZU TUN?
DANKE, FIRMIN!

MEINER MEINUNG NACH NICHTS, HERR ORDENSPRÄSIDENT. WAHRSCHEINLICH STECKT DIE OPPOSITION DAHINTER... WIE SIE WISSEN, WÄHLT GENNEVILLIERS TRADITIONELL LINKS!

ÜBERLEGEN SIE DOCH MAL, MEIN LIEBER PRINZ: WAS WILL DIE OPPOSITION MIT EINER BEVÖLKERUNG, DIE OHNEHIN AUF IHRER SEITE IST? SIE PHANTASIEREN JA ...
MGLBL ...

DENNOCH - DIE LAGE IST ERNST! WIR SOLLTEN ZWEIGLEISIG FAHREN. ERGO: AUSSERORDENTLICHE MINISTERRATSSITZUNG PLUS FERNSEHANSPRACHE. VOR ALLEM MÜSSEN WIR DIE ÖFFENTLICHKEIT BERUHIGEN. AN DIE ARBEIT, MEINE HERREN!

ABER WAS SOLLEN WIR DER ÖFFENTLICHKEIT SAGEN, HERR ORDENSPRÄSIDENT?
GUTE FRAGE ...

HM, MAN KÖNNTE SAGEN ... ÄH... ZUM BEISPIEL...

PLITCH

WIR SAGEN, DASS IN GENNEVILLIERS EINE UNGEFÄHRLICHE EPIDEMIE AUSGEBROCHEN IST UND DASS DIE EINWOHNER MOMENTAN IN EINER ALBANISCHEN KLINIK BEHANDELT WERDEN!
?
?

ABER WIESO GERADE IN EINER ALBANISCHEN KLINIK, HERR ORDENSPRÄSIDENT?
WIESO NICHT?

STIMMT EIGENTLICH... WARUM HABE ICH DAS GESAGT? SELTSAM...

PLITCH

SELTSAM, FINDEST DU NICHT? EINE ALBANISCHE KLINIK. WO IST DAS ÜBERHAUPT ALBANIEN?
IN CHINA ODER IRGENDWO DA...
DIE MÜSSEN DA JA SCHARFE KLINIKEN HABEN, PAPA! IN GENNEVILLIERS WOHNEN DOCH BLOSS PROLLIS!

UND IN DER NACHT....
PLiiiiiiiiTCHH
IM ELYSEE...
DRiiiiii?!NN
...JA...?...
WAS? LYON, BORDEAUX? MARSEILLE AUCH?
FRANZÖSINNEN! FRANZOSEN! ANGESICHTS DES UNGLÜCKS, DAS UNSER LAND GETROFFEN HAT UND 23 MILLIONEN UNSERER MITBÜRGER IN EINER ALBANISCHEN KLINIK FESTHALT, DÜRFEN WIR UNS WEDER UM UNSERE TRADITIONELLE BESONNENHEIT BRINGEN LASSEN, NOCH SOLL DAS UNSERE NATIONALEN WURZELN ANGREIFEN, DIE IN JEDEM VON UNS DIE FÄHIGKEIT ANGELEGT HABEN, IN ZEITEN DER...
PiTCH

ACHT TAGE SPÄTER ...

MEINE LIEBEN PARISER! WIE SIE VERMUTLICH WISSEN, BEFINDET SICH DIE ÜBRIGE FRANZÖSISCHE BEVÖLKERUNG MOMENTAN ZUR BEHANDLUNG IN EINER ALBANISCHEN KLINIK. DIE REGIERUNG UND ICH WERDEN SIE SO BALD WIE MÖGLICH...

...ÜBER DIE HINTERGRÜNDE DIESER UNGEWÖHNLICHEN SITUATION INFORMIEREN. DIE LAGE IST ERNST, ABER NICHT AUSSICHTSLOS, UND DIE REGIERUNG IST FEST ENTSCHLOSSEN ...

HERR ORDENSPRÄSIDENT - DA HINTEN! DAS DING, DAS „PLITCH" MACHT, WENN MAN ES BERÜHRT!

ABZ

F'MUR ALPAGE BAGAGE BLAMAGE COURAGE EQUIPAGE KARAMBOLAGE MENAGE PLANTAGE REPORTAGE SABOTAGE VISAGE

GARAGE

WAS SOLL'S, PRINZ! FRANKREICH IST EIN DEMOKRATISCHES LAND, DIESES „PLITCH" MÖGE UNS WILLKOMMEN SEIN!

DREI SEKUNDEN SPÄTER...
PLIT
NANU?
HIMMEL!
WO GIBT'S DENN SO WAS?
KEIN MENSCH MEHR DA...
ALSO NEIN...
NICHT MAL 'N KATZEN-SCHWANZ!
MEIN GOTT...
OH!
SCHEISSE, VERDAMMT, ALLE IN ALBANIEN...

NUN DENN, MEINE HERREN, DAS SCHICKSAL WILL ES SO. WIR SIND DIE LETZTEN FRANZOSEN UND DIE EINZIGEN, DIE VON DIE EPIDEMIE VERSCHONT SIND...

UND SO HABE ICH BESCHLOSSEN, DASS WIR MORGEN NACH ALBANIEN REISEN. ES GIBT MOMENTE, IN DENEN DAS VOLK FÜHRUNG BRAUCHT, UND UMGEKEHRT! GEHEN WIR, MEINE HERREN!

FIRMIN, IN IHRE HAND LEGE ICH DEN HAUSSCHLÜSSEL SOWIE DIE GESCHICKE DER NATION...
IHR VERTRAUEN BERÜHRT MICH ZUTIEFST, HERR ORDENSPRÄSIDENT...
HEHE, WENN DIE KATZE AUS DEM HAUS IST...
6

DIESE EPIDEMIE IST EIN WERK DER VORSEHUNG! SO VERMEIDEN WIR DIE RISIKEN EINES KLASSISCHEN STAATSSTREICHS MIT UNGEWISSEM AUSGANG! WIR SIND DIE HERREN IM LAND! HEUTE ABEND AUSSERORDENTLICHE VERSAMMLUNG ALLER VERFÜGBAREN ROBOTER! ICH BILDE EINE NEUE REGIERUNG, HEHEHE...
UND IN EINER ÖDEN, STILLEN GEGEND, ÜBER DER SICH MÜHSAM EINE BLEICHE SONNE ERHEBT, GEFOLGT VON EINEM GIGANTISCHEN PLITCH...
NUR MUT, MEINE HERREN!
VIVE LA FRANCE!

BALD SIND WIR IN ITALIEN!
HERRLICH, DIESER MOND...

NUN SIND WIR SCHON IN JUGOSLAWIEN, HERR ORDENSPRÄSIDENT, UND NOCH IMMER KEINER MENSCHENSEELE BEGEGNET! NICHT MAL EIN KATZENSCHWANZ ZU SEHEN! MERKWÜRDIG, NICHT?
GANZ RECHT! WIE SO MANCHES IN DIESER GESCHICHTE ...

WIR HABEN SCHWERE VERLUSTE ZU VERZEICHNEN, HERR ORDENSPRÄSIDENT! DREI MINISTER, DARUNTER DER FÜR VERTEIDIGUNG, SIND AN ERSCHÖPFUNG GESTORBEN...
WIR SIND GLEICH DA, GENERAL!
AAAARGH....

UND WIRKLICH, DREI WOCHEN SPÄTER...

DA! DA HINTEN - DIE KLINIK!

NICHT MEHR VIEL DAVON ÜBRIG, SCHEINT'S!

FFF... ICH KRÈPIER...

BRROUM TAC TAC TAC TAC TAC BANG BANG AAAH

SCHBLAM

DAS SIEHT GAR NICHT GUT AUS. WAS SCHLAGEN SIE VOR, GENERAL?

NACHSEHEN, WAS DA LOS IST, HERR ORDENSPRÄSIDENT. DAS IST UNSERE PFLICHT!

HEY! NICHT DA LANG! ICH HAB DAS GEBIET VERMINT!

WIR KRIEGEN VERSTÄRKUNG, LEUTE! DIE FROGS KOMMEN!

WAS IST DENN DAS FÜR EIN CHAOS HIER, KAMERAD?
DAS IST DER KRIEG, ALTER, DER KRIEG!

WAHRSCHEINLICH EIN COUP DER ROTEN! WIR WAREN VIEL ZU BLAUÄUGIG! DIE GANZE GESCHICHTE MIT DER EPIDEMIE UND DER KLINIK WAR BLÖDSINN! KEIN KATZENSCHWANZ IN DER KLINIK, ALS WIR HINKAMEN! ICH NEHME AN, SIE SIND AUS DEMSELBEN GRUND HIER.

IN DER TAT, ICH...
DA DRÜBEN STEHEN RUSSKIS, CHINESEN UND IHRE LAKAIEN! DIE BEHAUPTEN, WIR HÄTTEN ANGEGRIFFEN! SIE WOLLEN UNS BLUFFEN UND SAGEN, DIE BEVÖLKERUNG WÄRE AUCH VERSCHWUNDEN! ABER DAS SOLLEN SIE BÜSSEN, SO WAHR ICH HIER STEHE!

HEUTE NACHT GREIFEN WIR AN! MACHT IHR MIT?
SELBSTVERSTÄNDLICH! MILITÄRISCHE PASSIVITÄT IST DER TOD DER FORTSCHRITTLICHEN NATIONEN! FRANKREICH DARF DAVOR NICHT DIE AUGEN VERSCHLIESSEN! ICH HATTE SCHON LANGE KEINE GELEGENHEIT ZU EINER RICHTIGEN JAGD MEHR...
9

GOOO!
GOTT IST MIT UNS!

① ATOMGRANATE

BROOOOM
TAC TAC TAC
AAAAH
PAN

BAN

...GLORIOS, ABER KURZ...

UND WÄHREND SICH AUF ERDEN KEIN KATZENSCHWANZ MEHR BEWEGT UND WIE IN FRANKREICH SO ÜBERALL DIE ROBOTER DIE MACHT ÜBERNEHMEN, ENTFÜHRT EIN GIGANTISCHER PLITCH HINTER DEN MOND UND GAR MARS SEINE KOSTBARE MENSCHLICHE FRACHT, DIE BEUTE SEINES UNERHÖRTEN ÜBERRASCHUNGSCOUPS.

UND SO ENDET DIE FANTASTISCHSTE KIDNAPPING-AFFÄRE DER POLIZEIGESCHICHTE... MIAUU

SILAR 76 10